l'école

Si seulement Pichou pouvait entrer dedans...

Entre ma pomme et mon orange, non... Pichou est trop gourmand.

Dans mon sac d'école... même que sa queue et... même que sa trompe dépassent.

Je pense que Pichou-mon-tout-PETIT-bébé-tamanoir-
mangeur-de-fourmis-pour-vrai devra m'attendre à la
maison, comme un GRAND... parce que... parce
que aujourd'hui, je commence l'école.

De toute façon, je peux tout lui dire d'AVANCE à mon bébé Pichou, tout ce qui va m'arriver à l'école. D'abord, je vais prendre l'autobus scolaire, devant la maison...

... puis il y aura la cour d'école, avec autant d'amis qu'il y a de fourmis. Après, il y aura plein d'escaliers, de corridors, de portes, puis... il y aura ma classe, avec des tableaux noirs, des pupitres et des livres...

Après... on verra le directeur, avec ses grosses moustaches, qui nous surveillera du coin de l'oeil en disant: «Bienvenue les enfants, bienvenue les enfants!»

Là, là, je la verrai, ELLE, avec sa toque blonde, MON PROFESSEUR, ce sera la plus gentille et la moins sévère maîtresse d'école de toute l'ÉCOLE.

À côté de moi, il y aura une petite fille gênée, elle sera toute blanche parce qu'elle aura mal au coeur. Ce sera ma nouvelle amie. Assis au fond de la classe, il y aura un Jean-sait-tout qui fera un tapage du démon... puis il y aura MOI...

... Moi, bien, je serai parfaite. Je lèverai ma main et je dirai:
«Je m'appelle Jiji, Pichou m'attend à la maison, je sais
compter un, deux, trois, jusqu'à dix, des fois jusqu'à cent.
Je sais mon adresse et mon numéro de téléphone
PAR COEUR.»

Tu vois, Pichou, ce n'est pas compliqué l'école! Tu vas m'attendre ici, devant la fenêtre. Je te dirai tout en revenant.

...

...

Pichou! Pichou! Si tu savais! L'école, l'ÉCOLE, c'est grand, grand comme dehors. Dans ma classe, il y a un poisson rouge, trois tortues, deux pigeons voyageurs, six cactus, quatre hamsters vivants, puis un téléphone jouet avec un vrai cadran.

Ce n'est pas tout, mon directeur, c'est une directrice. Mon gentil professeur à la toque blonde, bien, c'est un gentil monsieur à moustaches noires, il s'appelle Jacques. Même que Clo-Clo Tremblay n'a pas fait de tapage du tout, je pense qu'il était un peu gêné...

Tu sais, Pichou, ma voisine toute blanche, bien, elle était toute noire, noire comme le dedans de tes yeux, Pichou. C'est elle, Yannie, ma nouvelle amie.

Quand j'ai levé la main, je me suis souvenu de mon adresse, mais j'avais complètement oublié mon numéro de téléphone. Tu ne peux pas t'imaginer ce que Jacques, mon professeur, a fait?

Jacques m'a apporté le téléphone jouet et, tu sais Pichou,
mes doigts, mes doigts, EUX, le savaient PAR COEUR
mon numéro de téléphone.

Tu vois, Pichou, l'ÉCOLE, c'est pas compliqué... Tu veux que je te raconte ce qui va se passer DEMAIN?

Achevé d'imprimer sur les presses
des Ateliers des Sourds, Montréal (1978) inc.